처음 만나는 명작동화

나무꾼과 선녀

정진 엮음 김용철 그림

삼성출판사

깊은 산골에 한 나무꾼이 홀어머니를
모시고 살고 있었어요.
"영차 영차."
나무꾼은 나무를 베어 장에 내다 팔았어요.
"어머니가 좋아하시는 생선을 사 가야지."
나무꾼은 어머니가 기뻐하는 모습을 떠올렸어요.

어느 날, 숲 속에서 사슴 한 마리가
나무꾼에게 달려왔어요.
"저를 좀 숨겨 주세요.
사냥꾼한테 쫓기고 있어요!"
나무꾼은 재빨리 나뭇더미 속에
사슴을 숨겨 주었어요.

곧 험상궂은 사냥꾼이 나타났어요.
"여보시오, 혹시 이리로 도망치는
사슴 한 마리 못 봤소?"

"아. 그 사슴은 저 쪽으로 달아났어요."
나무꾼은 엉뚱한 방향을 가리켰어요.
사냥꾼은 그 쪽으로 후닥닥 달려갔지요.

사슴은 고마워하며 나무꾼에게
소원을 말해 보라고 했어요.
"착하고 예쁜 색시를 얻고 싶단다."
"그럼 오늘 밤, 선녀들이 산 꼭대기 연못에서
목욕할 때 날개옷을 한 벌 감추세요."
사슴은 말을 마치고 어디론가 사라졌어요.

두둥실 밝은 달이 떠올랐어요.
연못에서는 선녀들이 목욕을 하고 있었어요.

나무꾼은 선녀의 날개옷 한 벌을
몰래 감추었어요.
그리고 사슴이 했던 말을 떠올렸어요.
"아이 셋을 낳기 전에는 절대로
날개옷을 돌려 주지 마세요."

날개옷을 잃어버린 선녀는
훌쩍훌쩍 울고 있었어요.
"선녀님, 제가 날개옷을 감추었습니다.
부디 제 아내가 되어 주세요."
나무꾼은 사슴과 있었던 일을 이야기했어요.
선녀는 착한 나무꾼에게 마음이 끌렸어요.

부부가 된 나무꾼과 선녀는 행복했어요.
예쁜 아기도 둘이나 생겼지요.
그러나 선녀는 하늘 나라가 그리웠어요.
"하늘로 올라가지 않을 테니,
날개옷을 한 번만 입어 보게 해 주세요."
나무꾼은 선녀가 불쌍해서 날개옷을 주었어요.

그런데 날개옷을 입은 선녀는
두 아이를 안고 하늘로 날아올랐어요.
"여보, 안 돼. 돌아와요!"
나무꾼이 선녀에게 소리쳤어요.
그러나 선녀는 구름 속으로 사라져 버렸어요.
'사슴의 말을 들었어야 했는데…….'

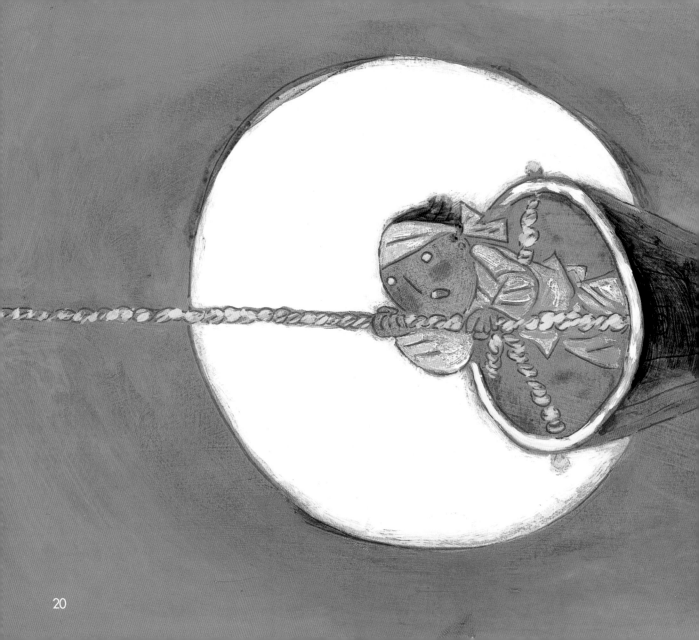

솔폭에 빠진 나무꾼 앞에
다시 사슴이 나타났어요.
"오늘 밤, 연못에 두레박이 내려올 거예요.
그 두레박을 타고 하늘 나라로 올라가세요."
밤이 되자마자, 나무꾼은 연못으로 가서
두레박을 타고 하늘로 올라갔어요.

마침내 나무꾼은 하늘 나라에 닿았어요.
"여보, 저를 찾아 여기까지 오셨군요."
선녀와 아이들을 만난 나무꾼은 기뻤어요.
나무꾼의 사랑에 감탄한 하느님은
하늘 나라에서 함께 살도록 허락하셨지요.

나무꾼은 하늘 나라의 생활이
마냥 즐겁지만은 않았어요.
'어머니는 잘 계실까?'
어느 날, 나무꾼에게 선녀가 말했어요.
"하늘을 나는 용마를 타고 어머님께 다녀오세요.
하지만 절대로 용마에서 내리시면 안 돼요."
나무꾼은 용마를 타고 땅으로 내려갔어요.

어머니는 아들을 보자 몹시 반가워했어요.
"얘야, 네가 좋아하는 호박죽 좀 먹고 가렴."
그런데 나무꾼은 그릇이 뜨거워서
호박죽을 용마의 등에 엎지르고 말았어요.
"히힝, 히힝!"
용마가 펄쩍 뛰는 바람에 나무꾼은 땅에 떨어졌어요.
용마는 바람처럼 하늘로 날아갔어요.

나무꾼은 다시는 하늘로 올라가지 못했어요.
나무꾼은 슬픔에 잠겨 시름시름 앓다가
그만 세상을 떠나고 말았어요.

나무꾼의 넋은 수탉이 되어 밤마다
지붕 위에 올라가 하늘을 보며 울었대요.
"꼬끼오! 꼬끼오!"

처음 만나는 명작동화